Dados Internacionais de Catalogação na Publicação (CIP)
(Câmara Brasileira do Livro, SP, Brasil)

Sisto, Celso
    Princesa Pum d'Amor / Celso Sisto ; ilustrações Fê. -- São Paulo : Paulinas, 2020.
24 p. : il., color. (Espaço aberto)

    ISBN 978-85-356-4629-0

1. Literatura infantojuvenil I. Título II. Fê III. Série

20-2265   CDD-028.5

Índice para catálogo sistemático:
1. Literatura infantojuvenil   028.5

1ª edição – 2020

Direção-geral: *Flávia Reginatto*
Editora responsável: *Andréia Schweitzer*
Coordenação de revisão: *Marina Mendonça*
Revisão: *Ana Cecilia Mari*
Gerente de produção: *Felício Calegaro Neto*
Produção de arte: *Jéssica Diniz Souza*

Nenhuma parte desta obra pode ser reproduzida ou transmitida por qualquer forma e/ou quaisquer meios (eletrônico ou mecânico, incluindo fotocópia e gravação) ou arquivada em qualquer sistema ou banco de dados sem permissão escrita da Editora. Direitos reservados.

Paulinas
Rua Dona Inácia Uchoa, 62
04110-020 – São Paulo – SP (Brasil)
Tel.: (11) 2125-3500
http://www.paulinas.com.br – editora@paulinas.com.br
Telemarketing e SAC: 0800-7010081

© Pia Sociedade Filhas de São Paulo – São Paulo, 2020

ERA UMA VEZ UM DRAGÃO
FURUNFUNFÃO, TRIUNFUNFÃO, MISERICUNTÃO

QUE ENGOLIU UM OGRO
FURUNFUNFOGRO, TRIUNFUNFOGRO, MISERICUNTOGRO

QUE TINHA ENGOLIDO UMA BRUXA
FURUNFUNFUXA, TRIUNFUNFUXA, MISERICUNTUXA

QUE TINHA ENGOLIDO UM DUENDE
FURUNFUNFENDE, TRIUNFUNFENDE, MISERICUNTENDE

QUE TINHA ENGOLIDO UMA PRINCESA

FURUNFUNFESA, TRIUNFUNFESA, MISERICUNTESA

QUE TINHA COMIDO UMA PÉTALA DE ROSA
FURUNFUNFOSA, TRIUNFUNFOSA, MISERICUNTOSA.

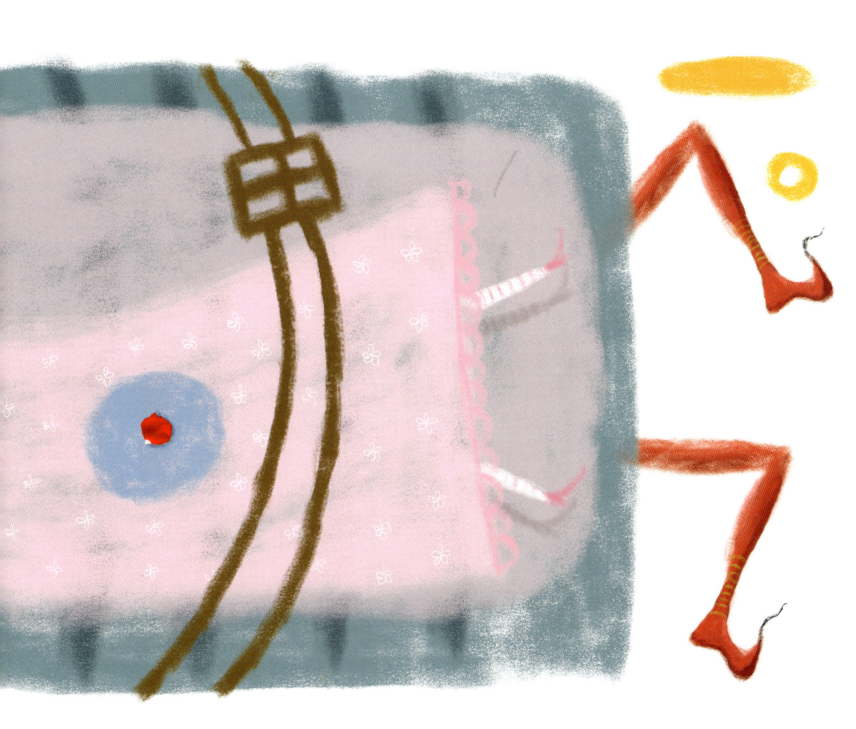

O DRAGÃO SOLTOU UM PUM INCENDIÁRIO

FURUNFUNFÁRIO, TRIUNFUNFÁRIO, MISERICUNTÁRIO

QUE FEZ VOAR O OGRO

FURUNFUNFOGRO, TRIUNFUNFOGRO, MISERICUNTOGRO.

O OGRO SOLTOU UM PUM ESTRONDOSO

FURUNFUNFOSO, TRIUNFUNFOSO, MISERICUNTOSO

QUE DESPRENDEU A BRUXA

FURUNFUNFUXA, TRIUNFUNFUXA, MISERICUNTUXA.

A BRUXA SOLTOU UM PUM BRUXESCO
FURUNFUNFESCO, TRIUNFUNFESCO, MISERICUNTESCO

QUE FEZ SALTAR O DUENDE

FURUNFUNFENDE, TRIUNFUNFENDE, MISERICUNTENDE.

O DUENDE SOLTOU UM PUM ESTRIDENTE
FURUNFUNFENTE, TRIUNFUNFENTE, MISERICUNTENTE

QUE LIBERTOU A PRINCESA

FURUNFUNFESA, TRIUNFUNFESA, MISERICUNTESA.

A PRINCESA SOLTOU UM PUM SUAVE
FURUNFUNFAVE, TRIUNFUNFAVE, MISERICUNTAVE

QUE TINHA CHEIRO DE FLOR

FURUNFUNFLOR, TRIUNFUNFLOR, MISERICUNTLOR.

QUEM QUER PROVAR O PERFUME DA PRINCESA PUM D'AMOR?
FURUNFUNFOR, TRIUNFUNFOR, MISERICUNTOR?

QUEM QUER SER SEU PRÍNCIPE DESENCANTADO?
FURUNFUNFADO, TRIUNFUNFADO, MISERICUNTADO?

EU QUE NÃO! NÃO QUERO NADA! FURUNFUNFADA, TRIUNFUNFADA, MISERICUNTADA!

Eu gostaria muito de só escrever histórias de fazer rir! Mas tem coisas no mundo que são para chorar também, né? Outras para pensar e conversar. Outras para ficar com cara de bobo. Eu nasci assim, acho, com cara de quem fica feliz lendo e contando histórias!

Nasci no Rio de Janeiro e moro no Rio Grande do Sul. Apesar de tanto rio, adoro o mar! Estudei teatro, literatura, artes visuais e trabalho com ilustrações e pessoas que querem escrever histórias para crianças. Mas, hoje, o que eu gosto mesmo é de fazer desenhos e pintar com linhas e agulhas, no meu ateliê. Bordar histórias é uma diversão. Já experimentou?

CELSO SISTO

Sou formado em arquitetura e comunicação visual e, desde pequenino, vivo rodeado de canetas, lápis, pincéis, tintas e papéis; mas, depois de virar um menino grande, todo este material virou digital... oooobbbbaaaaaaaaa!

Sou APAIXONADO e muito Fê Liz por escrever e ilustrar livros para os pequeninos. Isso me permitiu sempre deixar o meu lado mais puro e infantil vivo, em estado sempre alegre, criativo e lúdico!

Que delícia foi ilustrar a história *A princesa pum d'amor*, foi realmente um PUMMMMMMMM, ops, uma explosão de FELICIDADE CRIATIVA!!!

Visitem o meu site <www.feilustrador.com> e o meu perfil no Instagram <@feilustrador>.

FÊ